AF454886

CATALOGUE

ESTAMPES

ET

LITHOGRAPHIES

EN FEUILLES ET ENCADRÉES

Bellangé, RAFFET, VERNET et autres

ŒUVRE DE CHARLET

Vignettes, Illustrations

BELLE RÉUNION SUR

NAPOLÉON Ier

Portraits et Pièces historiques

QUELQUES DESSINS GRACIEUX

DONT LA VENTE AURA LIEU

HOTEL DES COMMISSAIRES-PRISEURS

RUE DROUOT, 5, SALLE N° 7

AU PREMIER ÉTAGE

Le Vendredi 5 Novembre 1869

A UNE HEURE PRÉCISE

Me **DELBERGUE-CORMONT**, Commissaire-Priseur,
rue de Provence, 8,
Assisté de M. **VIGNÈRES**, Marchand d'Estampes,
rue de la Monnaie, 13, à l'entre-sol,
CHEZ LEQUEL SE DISTRIBUE LE CATALOGUE

PARIS — 1869

CONDITIONS DE LA VENTE

L'ordre du Catalogue sera suivi.

Au comptant.

CINQ POUR CENT en plus des enchères, applicables aux frais.

M. VIGNÈRES, dirigeant la Vente, se charge des Commissions.

NOTA. Toute commission, sans prix fixé ou sans limite déterminée, sera regardée comme nulle.

M. VIGNÈRES se charge de faire marquer les prix aux Catalogues des Ventes qu'il a faites. Les personnes qui le désirent peuvent s'adresser à lui *franco*.

Plusieurs Amateurs éloignés en ont reconnu l'utilité pour les guider dans leurs achats sur les valeurs des Estampes.

Les Catalogues des Ventes à faire seront envoyés aux personnes qui en feront la demande *affranchie*.

AVIS. — Nous prions MM. les Amateurs éloignés de ne pas attendre au dernier jour, pour que les lettres arrivent le matin de la vente ; ils comprendront que quelques lettres peuvent se lire, mais de 20 à 50 lettres, c'est difficile.

Choix de Catalogues avec prix marqués.

PORTRAITS EN BISTRE

Collections de Portraits inédits ou rares de Personnages célèbres

REPRODUITS NOUVELLEMENT PAR LA GRAVURE

Publiés par VIGNÈRES, Md d'Estampes

Rue de la Monnaie, 13, à l'entre-sol

ALBANY (Louise-Max. de Stolberg, comtesse d').	Gravée par Varin.
AMOROS, colonel, fondateur de la gymnastique en France.	id.
ARGOUT (Antoine-Maurice-Apollinaire, comte d').	J. Porreau.
BABEUF (F.-N.-Gracchus), journaliste.	id.
BARÈRE (Bertrand), de Vieuzac, conventionnel.	id.
BEAUHARNAIS (comtesse Stéphanie de), poëte, romancière.	Sisco.
BEUGNOT (J.-C. comte), député, ministre.	J. Porreau.
BERRUYER, général, commandant des Invalides.	id.
BERTRAND DE MOLLEVILLE, marquis, ministre, littérateur.	id.
BIÈVRE (marquis de), célèbre auteur de calembours.	id.
BLANCHARD (Madeleine-Sophie-ARMAND, Madame), aéronaute.	id
BONJOUR (Casimir), auteur dramatique.	id.
BORGHÈSE (Camille-Philippe-Louis), prince.	id.
BOSSUT (Charles), mathématicien.	id.
BRAZIER (Nicolas), auteur dramatique, d'après Marlet.	id.
BRISSOT (J.-P.), de Varville, conventionnel.	id.
CANCLAUX (J.-B. Camille, comte de), général, pair.	id.
CAYLA (comtesse de), née Talon, d'après le baron Gérard.	Massard.
CLOUET dit JANET, (François), peintre de portraits.	J. Porreau.
COCHON, comte de l'APPARENT, conventionnel, ministre.	id.
DEBUREAU, acteur des Funambules, Pierrot.	id.
DE FERMONT (comte), député, conseiller d'État.	id.
DEVIENNE, actrice, Théâtre-Français.	Normand
DONADIEU, baron, général de division.	J. Porreau.
DORAT-CUBIÈRES-PALMEZEAUX, poëte, auteur dramatique.	id.
DROZ (Joseph), littérateur, académicien.	id.
DUCHESNE aîné, conservateur du cabinet des estampes.	id.
DUCOS (Roger), avocat, constituant, 3e consul provisoire.	id.
ÉLIE DE BEAUMONT, avocat au Parlement de Paris.	Devritz.
EMPIS (Adolphe), auteur dramatique.	J. Porreau.
EPAGNY (d'), poëte dramatique.	id.
FABRE DE L'AUDE (comte), député, pair, littérateur.	id.
FIEVÉE (J.), littérateur, auteur dramatique.	id.
FRÉRON (Louis-Stanislas), conventionnel.	id.
FROCHOT, comte, préfet, député.	id.
GARNERIN (A.-J.), inventeur du parachute.	id.
GARNERIN (Élisa), aéronaute.	id.
GAUDIN, duc de Gaëte, ministre des finances.	id.
GENLIS (A. Brulard, comte de), cap. des gardes, conventionnel.	id.
GEOFFROY (J.-L.), critique, journaliste.	id.
GODOI (don Manuel), prince de la Paix.	Varin.
GOUFFÉ (Armand), chansonnier, vaudevilliste.	J. Porreau.
GUIMARD (Mademoiselle), danseuse.	id.
JOUFFROY (Théodore-Simon), professeur, académicien.	id.

Jousselin de Lasalle, homme de lettres. J. Porreau
Kant (Emmanuel), philosophe allemand. Bracquemond.
Lacalprenède (Gauthier de Costes, seign. de), romancier. Varin.
Lainé (J.-H., vicomte), ministre et académicien. J. Porreau.
Lamballe (princesse de), dessinée d'après nature par Gabriel. id.
Lasource (M.-David-Albin de), député du Tarn. id.
Lavallière (L.-F. de la Baume, duchesse de). id.
Lenormand (Mademoiselle), nécromancienne. id.
Lucotte (Edme-Aimé), lieut.-général, comte, né à Dijon. id.
Mailhe (Jean), député à la Convention. A. Varin.
Marat, à la tribune, dessiné d'après nature par Gabriel. J. Porreau
Martin (Louis-Aimé), littérateur. id.
Maurepas (J.-Fréd. Phelypeaux, comte de), ministre. Varin.
Mazères (Édouard), auteur dramatique. J. Porreau
Mesmer, auteur du magnétisme animal. id.
Mézerai, actrice, Théâtre-Français. Normand.
Orléans, duc de Montpensier (Ant.-Philippe d'), 1773-1807. J. Porreau.
Persuis (L. Loiseau de), musicien, d'après Pierre Guérin. d.
Petiet (Claude), député, ministre de la guerre. id.
Philidor (André-Danican), musicien, auteur du jeu d'échecs. id.
Pilon (Germain), sculpteur, 1550. id.
Pixerécourt (Guilbert de), fac-simile, d'après J. Boilly, in-4. id.
Pongerville (Samson de), académicien. id.
Pontus de la Gardie, général en Suède. id.
Ramel-Nogaret, ministre des finances, préfet. id.
Récamier (Madame), d'ap. Cosway. id.
Reveillère-Lepaux, botaniste, théophilanthrope. id.
Robert-Lindet, député, conventionnel, ministre. id.
Romme (Gilbert), conventionnel. id.
Rouget de L'Isle, auteur de *la Marseillaise*, musicien. Varin.
Saint-Huruge (marquis de). J. Porreau.
Saint-Prix, acteur, Comédie-Française. id.
Saint-Simon (Claude-H., comte de), philosophe. Perrot.
Silvain Maréchal, poëte et littérateur. Devritz.
Tallien (Madame), née Cabarus, d'après le baron Gérard. Massard.
Treilhard (J.-B., comte), député, ministre, etc. J. Porreau.
Tronson du Coudray, avocat, du Conseil des Anciens. id.
Vadier (A.), député aux États-Généraux. id.
Vatout (J.), poëte, académicien, bibliothécaire. Varin.
Vigée (L.-G.-B.-E.), poëte et auteur dramatique. J. Porreau.
Westermann, général, d'ap. le Physionotrace. id.
Cartouche (Louis-Dominique), fameux voleur. Lallemand.
Mandrin (Louis), fameux contrebandier. Delaistre.

Chaque portrait pouvant entrer dans un in-8° est tiré in-4°.
Avec la lettre, papier blanc, 1 fr.; papier de Chine, 1 fr. 25 c.
Avant la lettre, papier blanc, 1 fr. 50 c.; papier de Chine, 2 fr.
Dont il n'est tiré que 20 épreuves blanc et 5 Chine.

Afin de faciliter les recherches des Amateurs de portraits, soit pour les illustrations, soit pour les collections d'autographes ou autres, *trois Catalogues détaillés* de quelques collections de portraits qui peuvent se trouver chez moi, classés par ordre alphabétique, seront remis aux personnes qui en feront la demande affranchie.

28541 Renou et Maulde.

(278e)

DÉSIGNATION

ARCHITECTURE, VUES

1 **Architecture.** Monuments en Terra Cotta, en Italie. 4 p. en chromo.
— Cathédrale de Cologne. 6 p. et texte in-4.
— Statues, Miniatures à Cologne. 8 p. en chromo.
— Arts décoratifs. 7 p. chromo et autres.

2 **Vues** d'Allemagne. Les Mines de Hallein. — Belgique. — De la Terre-Sainte. 45 p.

3 — D'Italie, Suisse, Écosse, Inde, d'après les dessins de Daniell, Fielding, Prout, Stanfield, Turner et autres. 49 p., la plupart grand papier et sur chine.

4 **Vues** de Paris, gravées et lithog. noir et couleur. 44 p.

5 — De Paris ancien et nouveau, gravées et lithog. 24 p.

6 — Plans de Paris 1814, 1816 et autres, sur toile, etc. 5 p.

7 — De Saint-Cloud, Versailles, anciennes et lithog. 14 p.

8 — Des châteaux de Chantilly, Meudon, Saint-Germain, etc., gravées et lithog. 29 p.

9 **Vues.** De Fontainebleau, plans de la Forêt, de la Ville, anciennes et modernes. 16 p.

10 — De Paris, lithographies coloriées par Meilhac. 20 p.

11 — De Paris et environs, châteaux, etc., coloriées. 24 p.

12 — De Séville, Strasbourg et autres, tirées de l'ancienne France. 26 p.

13 — De Montereau, Nemours et une belle aquarelle du pont de Moret. 4 p.

14 **Vues** d'Angleterre gravées et lithog. L'exposition de Sydenham, Balmoral, Westminster, Saint-Georges Chapel, vues d'Écosse, etc. 13 p. noir et couleur.

15 — D'Angleterre, Espagne, l'Alhambra, etc. 14 p.

GRAVURES ET LITHOGRAPHIES

Œuvre de CHARLET et autres.

16 **Alix.** Départ de Louis XVIII, 20 mars 1815. — Retour du Roi, 8 juillet 1815. 2 p. in-fol. en bistre. Arrivée du comte d'Artois, 4 avril 1814, et autres. 4 p.

17 **Aubry** (Charles). Histoire pittoresque de l'Équitation. 25 feuil. lithog., titres et texte.

18 — Chasses anciennes, d'ap. les manuscrits des XIVe et XVe siècles. 13 planches.

19 **Aubry Lecomte.** Danaë, sup. ép. avant la lettre, chine, adresse de Constant. — Ariadne abandonnée. — Sommeil d'Érigone. 3 p. d'ap. Girodet.

20 — Danaë, d'ap. Girodet, ép. coloriée.

21 — La belle Élisabeth, sur chine, d'ap. Girodet.

22 — L'Odalisque, tête d'ap. Ingres, la Bretonne et tête de fantaisie, 2 coloriées. 3 p.

23 **Bellangé.** Albums 1830. Sujets militaires et villageois, 12 p., 1831 ; scènes de Juillet, 1830, 6 p.; 1832, 12 p.; 1833, 12 p., en tout 42 p. Très-belles ép.

24 — Croquis, sujets divers, plusieurs sur la feuille. 1829, 2e série 12 p. sur chine; 1830, 3e série, 12 p.; 1831, 4e série, 6 p., en tout 30 p. Très-belles ép.

25 — Sujets tirés de la Revue de Rouen. Andrieu, rôle de Guillot; Lemaire rôle de Gauthier, Boïeldieu, le curé des Bruyères, Titres de romances, sujets tirés de l'Artiste. Coucou ah! le voilà! (inédit). Retour de la campagne (inédit). Croquis inédits, costumes militaires, etc. 29 p. très-belles.

26 — La Cantinière; Soldat blessé plantant un laurier, épisode de Waterloo; Chasseur en vedette. 3 p. anciennes et rares.

27 — Montereau, Jemmapes, Saint-Bernard, Dragons en grande tenue, 2,000 Russes tués, Loterie des Artistes, le prince Eugène suivi de son état-major. 10 p.

28 **Beljambe**. L'Amour s'endormant sur le sein de Psyché, d'ap. Regnault. Joli sujet gracieux, superbe ép. toute marge.

29 **Benoist** (Ph.). Jupiter et Junon, d'ap. Julien de Parme. Belle ép. avant toute lettre.

30 **Benoist** et **Jacottet**. Promenades dans Paris et ses environs, lithographiées d'après nature. 40 p.

31 **Bonington**. La villageoise Ballade, la Conversation, le Retour, la Chapelle Saint-Omer, etc. 5 p. par et d'après

32 **Boucher** (D'ap.). Jupiter et Calisto, par Gaillard. Sup. ép.

33 **Calame**. Le Ruisseau dans la forêt. Belle eau-forte encadrée.

34 — Paysages lithog. retouchés au crayon, sépia et blanc par lui-même. 4 pièces sous verres.

35 **Carey**. Mercredi des Cendres, d'ap. Stevens. — L'Affût, par Levasseur, d'ap. Muyden. 2 jolies p. encadrées.

ŒUVRE DE CHARLET

36 Collection de lithographies de Charlet, composée de 413 pièces, plus les portraits et les pièces d'après lui.

Cette belle réunion sera proposée dans son ensemble; si la mise à prix n'est pas couverte, elle sera vendue par lots suivant le détail ci-dessous.

1° Napoléon au bivouac les bras croisés, les yeux levés au ciel, rare. Catalogue de Lacombe (9). — Napoléon à Iéna, à cheval (10). — Napoléon, tenue de campagne (11). 3 pièces.

2° Colonne d'infanterie en marche (27).

3° La Consigne (31). — Cuirassiers chargeant (31). 2 p.

4° La Bienvenue (35). — Le Drapeau défendu (42). 2 p. rares.

5° Le Décrotteur, R. R. (36). Très-rare.

6° Le Grenadier de Waterloo, R. (38).

7° Les Français après la victoire, R. R. (43).

8° La Mort du Cuirassier, R. R. (44).

9° M. Pigeon en grande tenue, R. (53).

10° Costumes militaires, imprimerie Lasterie (111, 121, 123). 3 p. Rares.

11° Costumes militaires à la plume, imp. de Delpech. 7 p. Costumes de la garde impériale, Delpech. 9 p.

12° Sapeur, titre de la Vieille Armée française (187), R. R. Dragon d'élite, armée d'Espagne (155), R.

13° Comment faire (285). — Dissimulons (286). 2 p. rares. Que dit-on, et Il faut en rire. 4 p.

14° Le Vin de la comète (56). — Le Peintre d'enseignes (57). 2 p. rares.

15° Sujets militaires et Mendiants (70 à 73), 4 sujets sur 2 feuilles. Prisonniers russes (54). — Prisonniers autrichiens (55). — Gaspard l'avisé (65). 7 p. sur 5 feuilles.

16° L'Aumône, avant la lettre (87). Rare. — Le Quartier général (91). 2 p.

17° Les pénibles Adieux (92). Rare.

18° L'acteur Odry, rôle de Beldame (3). Rare.

19° Siége de Saint-Jean-d'Acre (107). Rare. — Le même avec grand nombre de changements (109). 2 p.

20° Le pauvre Diable (269). — Paie et tais-toi (287). Adieu, fils! (281). — Charge de cuirassiers (533). 4 p.

21° Bonaparte factionnaire (266), sur papier bleu. — A l'École militaire (261). — La Boule de neige (267). — L'Empereur et le Grenadier, essai à l'encre et lavis (405), rare et autres. 6 p.

22° Réjouissances publiques (293), pièce ca pitale.

23° La Manie des armes (292). — J'obtiens de l'activité (275). — Le Soleil luit pour tout le monde (290). 3 p.

24° Papa, dada (295). — Papa, nanan (296). — Le Laboureur nourrit le soldat (298). — 304, 309, 310. 6 p.

25° Homme portant un bonnet espagnol, à la plume (429), R. R. R., extrêmement rare.

26° L'Allocution (333). — Tailleur de pierres (336). — Diplôme de la Société des Frileux (347). — Chacun chez soi (353). — 5 mai (358). — 15 août (360). 6 p.

27° Croquis à la manière noire, sujets dédiés à Béranger, 1840. — 17 pièces (969) et autres. La

Pic est ce qu'il y a de pis, titre non décrit par M. Lacombe. Le plus délicieux des bisets (354). En tout 19 p.

28° Pièces choisies d'albums, 1822, 1823. Croquis au lavis sur chine et autres. 100 pièces, très-belles épreuves.

29° Sujets d'albums, croquis à l'encre et lavis sur chine, et autres. 74 pièces.

30° Croquis inédits, premiers titres, premières pensées et diverses compositions. 75 p. très-belles.

31° Croquis du prince Louis-Napoléon (8) et les n°s 13, 14, 15 de Napoléon Ier. 4 p.

32° Portrait du maître de classe des enfants de Charlet (5), R. R. — Billoux dans une balance (425). — Sans efforts (426). — Billoux faisant la parade (427). — Vert-de-Gris (428). 5 p.

33° Grenadier à la plume (202). 494, 844, 891. 4 pièces.

34° L'Aveugle, avec titre Henri Simon (501). 294, 409, 410, 414, 416, 418, 419, 424, 459, 835, 844, 851. 13 p. rares.

35° Titres de romances et de livres, costumes de gardes nationaux, etc. 22 p.

36° Pièces publiées dans la Silhouette, l'Artiste, croquis divers. 19 p.

37° Portraits de Charlet par Benjamin, David d'Angers, Dupré, Valerio, et sujets où se trouve son portrait, par Bellangé et Raffet. 9 p.

38° D'après Charlet, la Chiffonnière, le Perruquier de village, par Reynolds et autres, gravés et lithographiés. 12 p.

37 **Colin** (Madame). La cour de France, suite de costumes historiques. 10 p. Lithog. coloriées.

38 — Costumes de differents pays, groupes lithog. coloriés. 12 p.

39 **Decamps**. Le petit Savoyard, Titres de romances rares, et autres d'après lui. 6 p.

40 **Deveria**. Album 1833. Superbes ép. sur chine. 12 p.

41 **École anglaise**. La Bouquetière espagnole, A girl at her studies, le Singe arracheur de dents, Early called to the Bar. 6 p. gravées et lithog.

42 **Enfantin**, son portrait par Colin, 11 croquis, lithog. originales. — Eaux-fortes originales, 5 — et 2 d'après lui. En tout 19 p.

43 **Fielding** (Newton). Animals drawn on stone, 12. — Animaux de jardin et basse-cour, 12 p. En tout 24 p. sur chine.

44 — Recueil d'animaux dessinés d'ap. nature et lithog. 26 p. chez Delpech.

45 **Fragonard**. Les Adieux du matin, la Romance, le Rendez-vous, la Promenade, la bonne Mère, Françoise de Rimini et autres. 17 p. lithog.

46 **Galerie** lithographiée des tableaux du duc d'Orléans, Sujets historiques, Mort de César, Philippe-Auguste, Guillaume Tell, Laurent de Médicis, Gustave Wasa, etc. 10 très-belles lithog. sur chine.

47 — Batailles de Jemmapes, de Valmy, etc., et autres sujets, d'ap. les tableaux d'Horace Vernet 12 p.

48 — Intérieurs de Drolling, Granet et autres. 24 p

49 — Sujets d'ap. Boilly, Michallon, Léopold Robert et autres. 30 p.

50 — Paysages, Marines, Animaux, etc. 41 p.

51 **Glairon Mondet.** L'Amour découvrant Vénus couchée, d'ap. Paul Véronèse, sup. ép. avant la lettre.

52 **Gros.** Arabe du désert. — Turc à cheval appelant au combat. 2 lithog. originales.

53 **Gudin** (Théodore). Marines, Eaux-fortes et lithog. originales. 26 p.

54 **Jazet.** Convoi du pauvre, avant la lettre; un Regret à la fidélité. 2 p. coloriées.

55 **Lanté.** Costumes de Normandie, Rouen, Lisieux, le Havre, Bolbec, Caen, Bayeux, etc. 23 p. coloriées du n° 17 au 104.

56 **Lithographies.** Par Girodet, portrait de Coupin de la Couperie; par Guérin, le Repos du monde. Qui trop embrasse et autres pièces, par Cogniet, Delorme, Hersent, etc. 18 p.

57 — Par les peintres de Rome, Alaux, Colin, Court, Scheffer, Thomas; l'Arrivée des Pensionnaires; Scène de carnaval et autres. 36 p.

58 — Par Aubry Le Comte, Desenne, Deveria, Grenier, Grevedon, Mauzaisse et d'après Drolling, etc. 41 p.

59 — De Leroux, Mouilleron; la Mère de Rembrandt, d'ap. Robert Fleury; Decamps, Rosa Bonheur, etc. 7 p.

60 — **Lithographies**. De L. Boulanger, les Orientales, la Dernière pierre de Gudin, Lemud, Mouilleron, C. Nanteuil et d'ap. Diaz, Robert Fleury et autres choix d'artistes. 31 p.

61 — Vue du Mont Carmel et autres, par Dauzats, Rousseau, etc. 6 p.

62 — Le Pâtre, d'ap. Rosa Bonheur, et autres, d'ap. E. Isabey, Gagarin, etc. 6 p.

63 — Sujets d'enfants, Scènes familières, par Midy, Leroux, Noel, Vallou de Villeneuve. 35 p.

64 **Lithographies**. Marine, d'après Isabey, et Paysage. 2 p. encadrées.

65 — Le Lutrin, avant la lettre. — Chaperon rouge et autre, d'ap. Pirodon. 3 p. encadrées.

66 **Lithographies coloriées**. La Robe de satin, la Leçon paternelle et autres, par Deveria, 10 p.

67 — La Fiancée, d'ap. Greuze; la Vierge à la chaise en chromo anglaise; Éruption du Vésuve, gouaches. 11. p.

68 **Marines**. Le Corsaire rouge, par Saint-Aulaire. 6 p. Études de marines, par Gilbert de Brest, 6; les Ports de France, par Madec et autres. En tout 26 p.

69 — Lithog. par et d'après Gudin, Isabey, Roqueplan, etc. 23 p., différents formats.

70 **Matharel** (De). Vues des provinces d'Alger, de Constantine et d'Oran, 18 p. et 2 inédites. 20 p.

71 **Mercuri**. Sainte-Amélie, d'ap. P. Delaroche. Superbe ép. sur chine, lettre grise; encadrée.

72 **Mouilleron**. Des Saltimbanques d'ap. Stevens, la Liberté d'ap. Delacroix, Enfance de Callot de Lemud. 3 p. superbes.

73 **Musée Filhol**. Choix d'Épreuves avant la lettre et autres, 58 et 20 eaux-fortes. 78 p.

74 — Tome 4e, manque le texte de la 48e livraison. Tome 5e complet.—Tome 6e complet.—Tome 7e, manque 2 planches.— Tome 8e, manque 2 planches. — Tome 9e complet.—Tome 10e, manque la table et 3 planches, donc 3 vol. complets et 4 presque complets, le tout en feuilles, en livraisons.

75 **Panoramas** d'Alger, Marseille, Port et rade de Boulogne. 5. p.

76 **Photographies**. Façade de la nouvelle Bibliothèque du Louvre et autres monuments. 6 p. superbes par Baldus.

77 — Amalthée, Phorbas et Œdipe, Diane de Gabie et autre, Statues du Louvre, par Baldus. 4 p. superbes.

78 **Poitevin** (D'ap.). Hivernage dans les mers de glace et pendant. 2 p. avant la lettre encadrées.

79 **Provost**. L'Exposition universelle 1867, grand in-fol. lithog.

80 **Raffet**. Costumes militaires 1825 à 1830. 18 p. noir et couleur.

81 — Choix de pièces d'Albums 1826 et autres, 17 p., de l'histoire de Jean-Jean, 5. En tout 22 p.

82 **Raffet.** Titre de l'album 1826, rare, sur papier de couleur; Napoléon à Cheval, Marchand de chansons (159 du catalogue de M. Giacomelli), rare. — Jérusalem délivrée (69), rare. 4 p.

83 — Sujets du journal la Caricature, 16, 51, 60, 101, 104. 5 pièces.

84 — Titres de Romances, le Vieux drapeau, Emma, Chantons soyons content, la Femme du pêcheur, la Veillée de la mère Simone et autres. 8 p.

85 — Manuel de l'imprimeur-lithographe, orné d'une vignette par Raffet; un Génie, in-8, 1835.

86 — Pièces variées. Costumes artillerie de la garde nationale, 1848; Marchande de papier Weynen; Gendarmes! faites feu; 30 juillet 1830, Revue du 29 août 1830; Affaire Fieschi et autres. 10 p.

87 — Retraite de Constantine, Assaut de Constantine, Costumes militaires coloriés, siége d'Anvers, etc. 7 p.

88 — Bataille de Fleurus, pièce capitale.

89 — Portrait de Raffet dessinant sur une pierre lithographique, par Bry; très belle ép. sur chine.

90 — Souvenir de Santicios (Portrait de M. le prince Demidoff), n° 14 du catalogue, rare.

91 — Portrait du colonel Maule Higlander, rare.

92 — Napoléon en Égypte, affiche pour le poème de Barthélemy et Méry (119). Ép. sur papier blanc, rare.

93 — Église de Lamballe, figures par Raffet (703). — Les Compagnons du tour de France, affiche pour le roman de Georges Sand (123), rare. 2 p.

94 — Voitures, Citadines, Omnibus, Dames blanches, Écossaises, Tricycles, Béarnaises, Diligences Lafitte et Caillard. 7 p.

95 — Vie de Napoléon, lithographié en 1826. 17 p.

96 — Dessins faits d'après nature au siége de la citadelle d'Anvers, 24 p. coloriées montées en dessins, rares et le titre papier de couleur.

97 — Voyage dans la Russie méridionale et la Crimée, 31 p. coloriées avec toute marge.

98 — L'Escrime à la baïonette, par le capitaine Chatin, d'après Raffet. 26 p. à la plume, sur chine.

99 — Matis, artiste du théâtre des Variétés, rôle de La Ramée, colorié; Alp. Balleydier en pied et en buste. 3 p.

100 — Vignettes sur acier. La Saint-Barthélemy, Bayard armant chevalier, Napoléon au bivouac, la Patrie, Louis XVI que l'on coiffe du bonnet rouge, Boissy d'Anglas, etc. 9 p. avant la lettre. 10 p.

101 — Vignettes pour les Œuvres de Paul de Kock avec le portrait. 27 p.

102 — Vignettes diverses. Chant du Cosaque, Fraternité au pape, le Chouan, Lyon, l'Espagne, etc. 16 p.

103 **Retzsch** (d'ap.). Le Chevalier de Rhodes, poëme de Schiller. — Fridolin ou la Route de la Fonderie. 24 p. au trait.

104 **Valerio.** Souvenir de la Monarchie autrichienne. 14 p. à l'eau-forte.

105 — La Dalmatie. 6 p. à l'eau-forte.

106 — La Dalmatie. 12 p. dont plusieurs doubles.

107 **Watelet** (D'ap.). Moulin à eau en Normandie. — L'Orage, 2 belles lithog. par Tempeltei, in-fol., sur chine.

108 **Vernet** (Carle). Les Chiens savants, Janvier 1821, Costumes d'hiver, d'été, 3 sujets de chiens, sujets de chasse, Concert d'amateurs (ce sont des chats). 15 p. superbes ép.

109 **Vernet** (Horace). Portrait de Carle Vernet en buste, les Adieux, Escorte russe, Route de Naples, etc. 26 p.

110 — Sepulcro di Raffaello, rare, Perlet, Chauvelin, Sujets de chasse, Scènes militaires, le Jeu de la drogue, la Sœur de charité, les généraux Ney et Gérard à Kowno. 22 p.

111 — Volume contenant 83 pièces lithographiées, imprimées sur papier de couleur; 80 sont retouchées de blanc; reliure maroquin violet plein, fers dorés à plat, tranche dorée. Belle réunion.

112 **Vidal.** Péché mignon. — L'Oracle des champs. 2 jolies p. d'ap. Posselvite, encadrées.

113 **Villa-Amil.** L'Espagne artistique et monumentale, vues et descriptions; 36 liv. lithog. à deux tons, ouvrage complet en feuilles, 144 pl. Superbe exemplaire.

VIGNETTES, ILLUSTRATIONS

114 **Vignettes anglaises**. Don Quichotte d'ap. Bonington, Arrestation de Charles Ier d'ap. Johannot, Louis XIV et Mlle de La Vallière d'ap. Chalons, Vues de Venise et autres d'ap. Destouches, Prout, Westall, Wilkie, etc., la plupart avant la lettre sur chine. 22 p.

115 **Corbould** (D'ap.). Bernardin de Saint-Pierre, Paul et Virginie. 20 p. in-8 des doubles.

116 **Deveria** (D'ap.). Vignettes pour J.-J. Rousseau. 25 p. sur chine.

117 **Janet Lange**. Lithog. avec ton pour Don Quichotte. 12 p. in-8.

118 **Vignettes**. Lafontaine, Contes, d'ap. Johannot, et Fables d'ap. Moreau et 4 p. de Racine. 13 p.

119 — Molière, d'ap. Horace Vernet et autres. 10 p. avant la lettre, in-8.

120 — Shakspeare, 37 vignettes sur bois, in-8.

121 — Shakspeare, 150 vignettes sur bois, cahier.

122 — Shakspeare, 230 vignettes sur bois, cahier.

123 Sujets divers, Vignettes pour Schiller, Walter Scott et autres. 27 p.

124 Petits albums pour rire, par G. Doré, Nadar, Randon et autres. 18 cahiers.

PORTRAITS

Napoléon Ier et autres. — Pièces historiques, la plupart relatives à son règne.

125 **Baquoy**. Napoléon à Sainte-Hélène dictant au jeune Las Cases les notes pour ses mémoires.

126 **Benoist**. Bonaparte 1er consul, sous le costume corse, in-8 rare, remargé.

127 **Bunbury** (Sir H.). Napoléon, 1815; ovale in-8, très-rare.

128 **Choffard**, an 9 (1801). Bonaparte 1er consul, médaillon soutenu par des figures allégoriques, charmant portrait in-8. Superbe épreuve toute marge.

129 **Debucourt**, 1807. Napoléon Ier de profil, en pied. In-fol. en couleur.

130 — La Joie du peuple françois à l'annonce du traité de paix, gravé par A. Legrand.

131 **Demachi**. Bonaparte pacificateur de l'Europe, à cheval. In-fol. en couleur, rare.

132 **Deveria** et autres. Portraits d'artistes et littérateurs, David, Grevedon, Roqueplan, Hugo, Mionnet, Senefelder, etc. 12 p.

133 **Dupont** (Henriquel). Alex. Brongniard, directeur de la manufacture de Sèvres, superbe ép. — Le Docteur Martinet, lithog. par Calamatta, d'ap. Ingres. 2 p.

134 **Drevet.** M. de Tressan, à genoux devant la Vierge, dit le grand Bréviaire, d'ap. Vanloo. Très-belle ép.

135 **Fontana.** La Fornarina di Raffaelle, belle ép.

136 **Geille.** Général Lafayette, in-fol. avant la lettre blanc, et avec la lettre chine. 3 p.

137 **Isabey** père. Portrait de la duchesse d'Angoulême, in-fol. avec ton. — Madame la comtesse d'Osmond, in-4 sur chine, rare. 2 p.

138 — Portraits de femmes, 4. — Abbaye de Saint-Wandrille. — Vues d'Italie, etc. 12 p.

139 — Le duc de Wellington, in-4, gravé par Mécou, supérieurement colorié.

140 **Levacher.** Bonaparte 1er consul, in-8 en couleur, superbe ép. marge.

141 — Bonaparte 1er consul, avec la revue du Quintidi au bas. In-fol. en couleur rehaussé d'or, superbe ép. marge.

142 **Longhi.** Bonaparte au pont d'Arcole, in-fol., d'ap. Gros.

143 **Massard.** Bonaparte consul, coiffé d'un chapeau; in-8 avant la lettre, remargé. — De profil dans un médaillon, avec texte anglais et français. — Le même, le texte changé, avec huit vers en français. 3 p. rares.

144 **Masson.** Em. Théodose de La Tour d'Auvergne, duc d'Albret, Cardinal de Bouillon, d'après Mignard (R. D. 14). Superbe ép. 1er état.

145 **Photographie** par Bingham. Portrait de Rachel en pied, encadré.

146 **Redman.** Bonaparte en pied, d'ap. un dessin fait à Sainte-Hélène en 1817, par M. Jackson. In-4, lithog. coloriée, rare.

147 **Reynolds.** Napoléon à Sainte-Hélène, en pied, d'ap. Horace Vernet, manière noire, in-fol., très-belle ép.

148 **Roubaud** (Benjamin). Souvenirs d'Afrique, Portraits de généraux. 26 p. sur chine.

149 **Skelton.** Portrait en pied de M. Guizot. In-fol. sur chine grand papier.

150 **Shury.** Richard Cobden en pied, manière noire, in-fol. (célèbre économiste anglais).

151 **Tardieu.** Napoléon Empereur des Français, profil médaillon, grand in-8, toute marge.

152 **Bonaparte** général. Très-petit médaillon profil, par Bonneville, rare et de trois quarts ovale. In-8, 2 états différents. 3 p.

153 — De profil de trois quarts, etc., par Godefroy, chez Villeneuve et autres. 18 p. beaux et rares.

154 — Premier consul, d'ap. Appiani avant la lettre, de profil ovale en couleur et autres divers formats. 12 p.

155 **Napoléon** Empereur en manteau impérial en couleur et autres, par Hopwood, Roger et autres. 20 p. de divers formats.

156 — En pied, à cheval, sur le trône, etc., en noir et en couleur, par Pauquet et d'ap. Raffet, etc. 13 p.

157 — Apothéose de Napoléon-François-Charles sur un aigle. In-8 très-rare.

158 — Le duc de Reichstadt contemplant le buste de son père. Grand in-8 en couleur.

159 **Napoléon Ier.** Batailles mémorables, événements glorieux de sa vie et portraits. 35 p. in-32 dans un joli portefeuille.

160 — Éventail avec le 1er consul et fig. allégorique, par Godefroy. — Voyage du 1er consul en l'an XI. 2 p. in-fol.

161 — Apothéose de Napoléon, Joséphine lui désigne le ciel. In-fol. avant toute lettre, manière noire, rare.

162 — Bataille et faits mémorables de l'empereur Napoléon Ier. 40 p. gravées sur bois.

163 — Bataille du Pont de Lodi. In-fol., par Phelippeaux.

164 — Scènes et faits historiques de la vie de Napoléon, allégories. 21 p.

165 Portraits de généraux de la République et de l'Empire. 63 p. sur chine et sur blanc.

166 — Personnages français, célébrités diverses. 48 p.

167 — Personnages étrangers divers. 57 p. 2 lots.

168 Portraits et Batailles pour le Consulat et l'Empire, de Thiers. 29 p. Très-belles ép.

169 Vie politique et militaire de Napoléon. 30 p. Superbes ép. avant la lettre.

170 — Batailles et sujets avant la lettre. 30 p.

171 — Scènes historiques avant la lettre. 35 p.

172 Portraits des généraux Berton par Scheffer, Oudinot duc de Reggio par Forster et autres. 4 p.

173 **Portraits.** Divers de Napoléon en buste, à cheval, in-8 et in-fol. Son baptême à Ajaccio, la Colonne et ses bas-reliefs. 12 p.

174 — Divers, Napoléon à Sainte-Hélène, mort, sa chambre, translation de ses cendres. Colorié. 9 pièces.

175 — Divers du duc de Reichstadt, le prince Eugène, Érection de la statue de Napoléon à Fixin. 7 p.

176 — Henri IV avec entourage de trophées, par Muller et autres gravés et lithog. 5 p.

177 — De Louis XVI, Marie-Antoinette, le duc d'Enghein, etc. 7 p.

178 — Louis XVIII dans son cabinet. Grand in-fol., par Girard, d'ap. Gérard et autres. 4 p.

179 — Louis-Philippe, reine Amélie, ducs d'Orléans et d'Aumale, etc. 9 p.

180 — Le prince Louis-Napoléon président. 3 p.

181 — Enfantin, baron Gérard, Lafayette, etc. 6 p.

182 — Le sultan Abdul-Aziz, grandeur naturelle. — Le roi de Perse Mohammed-Châh-Kadjar. 2 lithog. Très-grand in-fol.

183 **Portraits d'actrices,** Grisi, Malibran, Pasta. 5 p. in-fol.

184 — Bourbier, Doze, Falcon, Rachel. 4 p. in-fol. coloriées.

185 — Madame Talma, in-8, gravure coloriée d'après une miniature, par Saint, inédit.

186 — Acteurs Delagrave, Nourrit, Noblet, Taglioni et autres. 8 p.

187 — Talma par Lignon avant la lettre, Georges, Mars. 3 p.

188 — Musiciens et autres, Baillot, Hérold, Liszt, Paganini, Goëthe, etc. 8 p.

189 — Personnages divers, princesse Charlotte d'Angleterre, duchesse de Feltre, Mahmouth, etc. 13 p.

190 — Chambre de Voltaire à Ferney et un petit portrait gravé par Delaunay. 2 p.

191 — Littérateurs, etc., Carrel, Sand, Morny, Murger, Janin, Rousseau, etc. 10 p.

192 — Alexandre Ier, Constantin, Woronzow, Sacken. 5 p.

193 — Marie Stuart, Cromwell, Cinq-Mars, Louis XI, Louis XIII, Marie de Médicis, Mazarin, Richelieu et autres, tirés de la galerie d'Orléans. 9 p. sur chine.

194 **Pièces historiques.** Napoléon devant l'incendie de Moscou. Ép. avant toute lettre.

195 — Les ombres de Napoléon et de Louis XVIII en visite à Saint-Denis 30 juillet 1830. — Le Roi de Rome en habit de garde national présenté au peuple à une fenêtre des Tuileries, colorié. 2 p.

196 — Au Courage malheureux, tombeau de la garde 1815, les Officiers espagnols présentés à l'Empereur par le prince de Neufchâtel, colorié. 2 p.

197 — Entrée de la duchesse de Berry à Toulouse, Arrivée à Blaye, grande marine, portraits du duc et de la duchesse, etc. 6 p.

198 — Napoléon entouré des plus célèbres généraux français de son temps, par Fay avec explication. Salomon de Caux, inventeur de la vapeur, visité à Bicêtre par le marquis de Worcester. 2 p. grand in-fol.

199 Souvenirs d'Afrique par Le Blanc, Roubaud et autres. 22 p. lithog. chine et colorié.

200 Algérie pittoresque et monumentale, par Lessore et Wild. 29 p. sur chine.

201 Galerie des militaires français, par Bosio, Gaillot, Lagrenée, Wafflard, etc. 39 p.

202 Costumes chromo, Fleurs, Blasons, Papillons et autres, noir et couleur. 60 p.

DESSINS

203 CHARLET. Tête d'homme à la plume, très-vigoureuse étude.

204 — Études d'arbres attribuées à Charlet, achetées à la vente Labrouste. 4 dessins au crayon.

205 GIRODET (D'ap.). Naissance de Vénus, crayon noir très-terminé.

206 HENNEQUIN. L'Amour et Psyché, croquis plume et encre. —Vénus couchée et deux Amours, à la sanguine, anonyme. 2 p.

207 ISAMBART. Jeune femme à sa toilette, vient de mettre sa jarretière. Charmant dessin gracieux, aquarelle et gouache.

208 MICHAELA. Jeune femme demi-nue qui arrange ses cheveux. Aquarelle.

209 — Jeune femme demi-nue la main sur sa tête, aquarelle, peut servir de pendant à la précédente.

210 PLANAT (E.). Jeune femme costumée en étudiant fantaisiste faisant le salut militaire. Charmante aquarelle.

211 SEPIA. Ruines et Paysages, par Atoch et Feugère. 2 p.

212 — Paysages, par Enfantin et Ricois. 2 p.

213 — Beaux paysages, par Jolivard. 2 p.

214 — Écolier, par Garson, Paysage, par Ricois. 2 p.

215 TERBURG (D'ap.). La Mandoline, charmante aquarelle très-terminée, d'après le tableau.

216 VERNET (Horace), 1814. Louis XVIII vu de dos à son balcon, charge de l'époque. Jolie aquarelle.

Renou et Maulde, imprimeurs de la Compagnie des Commissaires-Priseurs, rue de Rivoli, 144. 28541

www.ingramcontent.com/pod-product-compliance
Ingram Content Group UK Ltd.
Pitfield, Milton Keynes, MK11 3LW, UK
UKHW021033260726
13994UKWH00005B/2131